詩，是不凋的花朵，
但，必須植根於生活的土壤裡；詩，是一隻能言鳥，
要能唱出永遠活在人們心裡的聲音。

【導讀】將坎坷經歷化為一顆顆的文學珍珠
——楊喚的人與詩

廖彥博

一、傷逝

對著一顆垂滅的星，
我忘記了爬在臉上的淚。——〈垂滅的星〉

一九五四年（民國四十三年）三月七日，台北市西門町，上午八點四十分。

這天是星期日，上午天空陰沉，下著霏霏細雨。中華路的鐵路平交道上，南下列車一側的柵欄剛剛升起，通知行人「火車經過」的警鈴聲都還沒停止，幾名阿兵哥模樣的年輕人，就迫不急待的拉起柵欄，想要快跑穿越過去。天雨路滑。突然之間，其中一名年輕人的腳，被第二條鐵軌的溝縫絆住，整個人摔倒在鐵軌上。這時，警鈴大響，北上列車正快速駛近。

「爬！快爬起來！」兩側行人都在大喊。他們看見那個年輕人愈是著急，陷在鐵軌縫隙裡的那隻腳似乎就愈難以掙脫。

接著，那如同慢動作般停格、其實不過是毫髮之間的畫面出現：火車呼嘯輾過，眾人期待的奇蹟沒有出現，橫臥在平交道上的，已經是沒有靈魂的軀體。年輕人的生命像燦爛的春花一樣，太早的綻放，太快的凋謝。

這位不幸罹難者，是陸軍文書上士楊森，年僅二十三歲半。他的懷裡還收著一張當天的電影《安徒生傳》入場門票。陸軍損失的是一名年輕的文書士官，但是這位年輕人卻像一去不返的流星，瞬即從台灣詩壇消失，只留下無窮的懷念和遺憾。

他最常用的筆名，叫做楊喚。

二、童年

小時候，

在哭聲裡長大，

讓我的日子永遠蒼白憂鬱。——〈小時候〉

一九三〇年（民國十九年）九月七日，詩人楊喚生於遼寧省興城縣菊花島上的一個小農村裡。

他出生的地點、時間還有家庭，都可以看作是動亂時代這一闋悲歌裡，幾個哀沉的音符。位於遼東灣的菊花島，原名覺華島（二〇〇九年又改回前名「覺華島」），由主島和三座小島組成，總面積十三點五平方公里。島上的地勢南高北低，春夏時候，原野上遍地盛開菊花。冬天非常寒冷，暗沉的天色與灰色的大海連成一片，海面結了厚重的冰，甚至可以行駛車馬。三百年以前，這裡是明朝遼西邊城寧遠的屯糧處。大明天啓六年（一六二六）的隆冬，後金可汗努爾哈赤帶著六萬滿洲八旗大軍南侵，一路勢如破竹，攻到寧遠城下，明軍守將袁崇煥以葡萄牙大砲憑城堅守，努爾哈赤久攻不下，八旗勁旅損失慘重，不得已只好退兵。努爾哈赤勞師動眾卻踢到鐵板，面子掛不住，於是轉而攻打覺華島。當時氣候嚴寒，海面結成厚冰，在島上駐守的數千名廣東水師，掘開一道長達十五里的冰溝，企圖阻擋後金騎兵的衝擊。史書上說，來自南方的水師弟兄們連日構築工事，在缺乏器械的情況下徒手挖冰，「兵皆墮指」。最後，這支水師還是抵擋不住八旗鐵騎，全部戰死。

覺華島是這樣一個充滿鉛雲般沉重歷史的地方，就像是整個東北命運的縮影。一九三一年九月十八日夜，日本關東軍進攻瀋陽，發動「九一八事變」，不久後奪占整個東北。當時，楊喚才剛滿周歲，瀋陽北大營的槍聲大作，預告了東北人長達十四年動亂流離、骨肉分離歲月的開始。

如果楊喚出生的家庭故事是一首歌曲，那也是一段沉重悲哀的旋律。楊喚還是嬰兒時，母親早逝。媽媽留下的唯一象徵，是一條俄國毯子。這條毯子，楊喚終身帶在身邊，至死沒有放開。父親不久後續弦，而後母對他的待遇，「和一般想不開的繼母是沒有兩樣的」，冷淡有之，呵斥有之，使喚也有之，就是沒有關愛，就是沒有照顧（葉泥，〈楊喚的生平〉）。父親爲了生計東奔西走，飽受挫折後酗酒澆愁；楊喚的童年，就是一株夾縫裡自生自滅的小草，在瑟縮和罵聲、哭泣裡度過，他曾經這樣描述孩提時的自己：

從小就是個可憐的小東西。那在北風裡唱著「小白菜呀，遍地黃」的，那挨打受罵、以痛苦作食糧，被眼淚餵養大的小東西。

因爲這樣，楊喚養成孤僻害羞的性格。在人群裡，他隱身在角落，希望自己不被看見；和別人相比，他覺得自形殘穢，也許根本就不值得讓人關愛。童年時有一次，楊喚到好友劉騷、劉妍兄妹在開原（今遼寧鐵嶺市）的家裡作客，劉家母親很是疼憐他，在一張僅存的紀念相片後背，他題寫：

我將難以忘記：她的母親曾怎樣的愛我。那時候，我是怎樣的一個骯髒、傻氣、怕羞的可憐的孩子呀！

就這樣，這個「骯髒、傻氣、怕羞」的可憐孩子，無奈地在亂世裡流離浮沉。東北在一九三二年成爲日本扶植下的「滿洲國」，實際上等於日本的殖民地。楊喚在日制小學、農校（興城初農）畜牧科裡讀了幾年書，滿腔不情願的學著日本人灌輸的知識與意識形態，卻也因此而學會了日文。日後他在台灣，曾經以筆名發表過翻譯自日文的作品，就是在這時種下的因緣。

一九四五年八月九日，蘇聯對日宣戰，紅軍大舉攻入東北。八月十四日，日本無條件投降，滿洲國也隨之冰消瓦解，東北光復。可是，東北局勢並沒有隨著抗戰的勝利而好轉，國共內戰的滾滾硝煙，很快又在松遼平原上點燃起來。隨著情勢一天天的惡化，戰火的威脅逐漸逼近，風聲鶴唳，人心惶惶。一九四七年六月，楊喚從學校畢業，父親也在這時過世，家計的負擔和局面的危險，讓他決心離開寒冬將至的東北。於是，趁著二伯父楊楓回鄉的機會，他跟著伯父離開從小生長的故鄉，辭別青梅竹馬的小女友劉妍，先到天津，再到青島。一九四八年中，他又離開伯父家，來到廈門，輾轉渡過海峽，抵達台灣。自此，他再也沒有故鄉的消息，也永遠失去劉妍的音訊。

那個時候，他只不過是個十八歲的少年。

三、弦琴

今夜，又一次
我免於被封鎖進痛苦的睡眠，
在沒有燈的屋子裡，
自己照亮自己。於是
紙煙乃如一枝枝的粉筆，

在夜的黑板上，
我默默地寫著
人生的問題與答案，
美麗的童話和詩句。——〈失眠夜〉

楊喚的一生，有如他的朋友歸人所說，「一生如寄，一貧如洗」。詩人的個性是如此多愁善感，又是這樣飄零困厄的際遇，很早就開始創作新詩。還在故鄉時，他就已經有若干詩篇；到了青島以後，不滿二十歲的楊喚成了《青報》的編輯，便開始向報刊投稿詩作。在青島的某一天，楊喚與朋友相聚，酒酣耳熱，想念起故鄉與舊友。生活的困頓，時局的艱難，陌生而令人疑懼的嘴臉，是近在眼前的；而家鄉的景色，朋友的熱情，還有白髮蒼蒼的老祖父，那樣親切，又是那樣遙不可及。詩人因此喝得爛醉，可是酒醒之後，傷感之餘，他還是不放棄進取的希望：總有一天，他要回到故鄉，回到家裡的田地上，回到村子裡，告別城市的醜陋和罪惡，「在村頭/扯起一面旗子」：

可要知道呵
我終究要回去
我是老祖父的好孩子
我是我們村子裡一個最年輕的人
我要回去下地
我要回去把這裡的醜惡講給他們聽
我要回去
在村頭
扯起一面旗子……——〈我喝得爛醉〉

來到台灣以後，楊喚在貧困的生活裡掙扎；對於一九五〇年代台北初起的燈紅酒綠，他已經不能適應。「從落後的鄉村走出來，/又跌落在都市的霓虹的燈彩裡。」（〈小時候〉）故鄉「高粱」、「老榆樹」的熟悉與溫暖，被詩人拿來對照城市裡「流行歌曲」和「霓虹燈」，使他目眩神迷，掏空了他的思想，讓人「神經錯亂」，不知該向何處去。這種困頓、茫然和悲苦，大概就是鄉愁了吧：

在從前，我是王，是快樂而富有的，
鄰家的公主是我美麗的妻。
我們收穫高粱的珍珠，玉蜀黍的寶石。
還有那掛滿在老榆樹上的金幣。

如今呢？如今我一貧如洗。
流行歌曲和霓紅燈使我的思想貧血。
站在神經錯亂的街頭，
我不知道該走向哪裡。——〈鄉愁〉

在眼花撩亂之餘，詩人慢慢從茫然無措裡清醒過來，懊喪痛悔的情緒，一下子湧滿了心房：

直到今天，我醒來，才發覺：
是我錯受了庸俗與醜惡的招待，
用一切去換取慾望的追求和貪婪的滿足。——〈醒來〉

他覺得現在的自己是如此的孱弱、如此的醜陋、殘缺而不堪。無數個失眠夜裡，他拿現在的自己，和心裡面劉妍那嬌俏清新的形象反覆比較，無數次得出一個令人痛苦的悲哀結論：自己墮落了，走偏了，在人生舞台上，「像突然跌倒下來的悲哀的角色」，姿態窘迫而醜陋，不配作劉妍的良配：

可是，我呀，是如此的脆弱與卑汙，
竟時時錯誤地滑落，如一粒脫軌的流星，
不是在懺悔著我不該遺棄了我的旗；
就是咒罵自己：怎麼又做了一次怯陣的逃兵……

此刻，黑暗的屋子，像沉悶的舞台，
沒有妳溫柔的投射與愛的照明；
我躺著，像突然跌倒下來的悲哀的角色，
把這首懷念的詩朗誦給不在的妳聽。——〈懷劉妍〉

飄零海島的茫然，險峻高壓的局勢，貧困逼仄的生活，在不眠難熬的夜晚，全都交織起來，一遍又一遍囓咬著他脆弱又無助的心靈。

當風和雨在暗夜裡突然來訪，
這小樓乃如一株落盡了葉子的窗；
那憂鬱的夢啊，是枚白色的殼，
我呀，就是馱著那白的殼的蝸牛。——〈小樓〉

在希望渺茫、前景黯淡的日子裡，詩人將活下去的指望寄託在詩的身上，時時刻刻想要捕捉繆思的身影，那一閃而過的靈光。而詩人的標準實在太高：

可是，真慚愧呀！
那些被我移到紙上的
只是字的黑色的屍體，
詩的蒼白的標本。——〈詩〉

這種心靈與肉體的雙重考驗，像是茫茫大海裡的航行，在看不到希望、沒有人鼓勵的時候，也要堅持下去：

像一首詩，

被寫在沉默的稿紙上；
像一張犁，
划行過哄笑著的土地。
你，掙脫了港口和繩索，
向藍眼睛的海走去。

當我想到自己
是怎樣匍匐在人生的峽谷，
我乃失聲痛哭了。
不，不的呀，
那紛紛滾落的不是眼淚，
而是一場來考驗自己的大雷雨！——〈船〉

其實，楊喚的詩作並不像他自己經常認爲的，只是「蒼白的標本」。詩人有一雙觀察人間世的慧眼，他像是賦予文字靈魂的導演，安排鏡頭，決定意象，輕描淡寫，卻有別出心裁的妙筆，請看下面這首詩：

昨天，曇。關起靈魂的窄門，
夜宴席勒的強盜，尼采的超人。

今天，晴。擦亮照相機的眼睛，
拍攝梵．谷訶的向日葵，羅丹的春。——〈日記——詩的噴泉之七〉

短短四行用來描寫「照相機的眼睛」的詩句，使用四個歐洲典故，構築起形而上的高度和廣度（席勒與尼采），勾畫出亮麗的色調（梵谷和羅丹）。要在寥寥幾句的短詩裡呈現出豐富的意象，並不是件簡單的事。楊喚在此顯露出詩人特有的才情。對於詩的創作，他也深具使命感：

我追逐著那在召喚著我的名字的
歷史的嚴肅的聲音。——〈雨中吟〉

來到台灣，對楊喚的新詩創作起了決定性的影響。在楊喚的詩裡，「弦琴」是經常出現的意象。「弦琴」就象徵了詩。四季如春的海島台灣，給予楊喚詩作新的題材，讓詩人能免於在寂寞無助的憂鬱海洋裡沉淪滅頂。他自己是這麼說的：

很久了，我沒有寫詩，
這不是因為被寂寞塵封了弦琴，
也不是被憂鬱麻痺了知覺，
而是像熱戀著一個美麗多情的少女，
我正幸福地熱戀著
這風景畫一樣美麗的，
美麗的童話一樣美麗的島。——〈詩簡〉

對楊喚來說，台灣是「美麗的童話一樣美麗的島」。從前在冰天雪地裡難得見到的南國風光，像是「美麗多情的少女」一樣，溫柔撫慰著東北青年楊喚失意而落寞的心靈：

像披著如絲的長髮的少女，
椰子樹嬌羞的站在寂寞的窗口。
默默的凝視著她，凝視著，

因為，我今天異常的需要溫柔。

不必給她寫長長的信，
也不必陪她去月下輕輕的散步，
她知道怎樣愛著我，
也知道怎樣愛著小樓。——〈椰子樹〉

在國民政府內戰失敗、退守台灣的那個年代，政府宣揚的是「反攻大陸」。身處在這種社會氛圍裡的楊喚，自然也深受感染。他一面懷念著自己的東北故鄉，一面要自己振作起來，扛起如槍的筆桿，投入反攻的大業。在楊喚過世半個世紀以後，他創作的一手百行長詩〈零下四十度〉重新出土。在這首詩裡，「冬天」專指的是落入紅色中國統治的海峽對岸，母親般的肥沃故鄉，如今陷落在「零下四十度」深深的大雪裡面：

那原是一腳會踩出油來的
忠實的黑色的土地呀

如今雖然滿身是凍裂的傷口
還穿起慘白地冰雪底孝服
好預備著，預備著
給快嚥下了最後一口氣的村莊出喪
而那喝飽了血的醜惡的五星旗呀
卻穿著滿身大紅
無恥地獰笑在垂死的村莊上……——〈零下四十度〉
而「勝利的春天」即將來到，「就要擊碎你嚴寒的封鎖／就要搗毀你冰雪的巢穴／揚起綠色的大旗／帶著花朵和溫暖進軍／讓南風，那浩蕩地天兵／向你展開掃蕩……」最後，詩人發自肺腑的高呼：
風啊，你別再嗚啦嗚啦地吹罷
雪呀，你別再又濃又密地飄罷
冬天，零下四十度的嚴寒啊！
你快滾蛋

你快撤退

你，快投降！——〈零下四十度〉

在另一首詩作〈我歌唱〉裡，詩人先是描寫「旌旗滿山」，大軍待發的場面：「我們的隊伍像森林，／用仇恨搥打詩句，／迸射著憤怒的火花，／我呀，我是森林中的鍛鐵匠。」進而鄭重的向自己保證，也是向世人宣告：

我歌唱，

復興的中國在明天，

我歌唱，

海那邊的暗夜不會長。——〈我歌唱〉

楊喚的這類反共詩，雖然出自那個時候的用語和情緒，我們不能只當作是一種政治氛圍下的過時之作，而不去提它；因爲，這些詩作都是詩人的肺腑之音，也是安頓流離飄散的靈魂、寄託脆弱生命的安神劑：

我忙於搖醒火把，

我忙於雕塑自己；

我忙於擂動行動的鼓鈸，
我忙於吹響迎春的蘆笛；
我忙於拍發幸福的預報，
我忙於採訪真理的消息；
我忙於把生命的樹移植於戰鬥的叢林，
我忙於把發酵的血釀成愛的汁液。——〈我是忙碌的〉

詩人忙碌於修煉自己、警醒自己，忙碌於宣告春天即將到來的消息，忙碌於拍發幸福、採訪眞理，忙碌於「把生命的樹移植於戰鬥的叢林」。只有讓自己處在這樣的忙碌狀態裡，詩人才能暫時忘記被紅色冰雪封凍的家鄉，專注在眼前的生活。楊喚宣告，爲了明天更好的世界，更該在今天燃燒一己的生命：

為了建築人類明天美好的工程，
你我都應該獻出自己的生命。——〈今天的歌〉

時光是如此的匆促，青春是這樣的難得，我們更應該把握時間，創造機會。詩人藉著春天的口吻，告誡著所有還擁有青春歲月的人，要盡力揮灑，發揮光和熱：

凡是陳舊的姿態都該改變，
凡是不堪積壓的都急速突破，
讓生者倔強的爆裂開土地，
讓死者埋下去填補他的空位，
呵！那些渴求著光和熱的，
我給你們年輕的時間，
過時不再，過時不再。——〈春的告誡〉

生者以倔強決絕的方式衝破網羅，擺脫沉重的積壓；那些陳舊不堪的自然沉澱，逐步淘汰：

直到有一天我死去，
像尾魚睡眠於微笑的池沼，
我才會熄燈休息，
我，才有個美好的完成，
如一冊詩集；——〈我是忙碌的〉

這麼熱誠的態度，不禁讓人對詩人不幸早逝，寄予莫大的遺憾和同情。

楊喚逝世超過半個世紀以後，他生前的友人歸人（黃守誠）卻提出了一個驚人的新推論：詩人是在生活困頓、處境絕望之下，黯然選擇自殺結束生命的。（〈一生若寄，一貧如洗：半世紀後憶故人楊喚及其「零下四十度」詩〉）儘管這項推論似乎與楊喚最後時期的精神狀態若合符節，也提出楊喚寫有類似「絕筆書」的信件，可以作為旁證，不過卻沒有直接的證據，可以直指詩人蓄意放棄生命。讀過上述詩句的我們，還是寧可相信，詩人在二十三歲半突然的離世，是一場鐵道上突如其來的愴然意外。

四、童話

小弟弟和小妹妹最幸福哪！
生下來就有媽媽爸爸給準備好了家，
在家裡安安穩穩的長大。——〈家〉

楊喚是兒童詩的先驅。在那個驚魂未定的戰亂年代，他已經想到要爲孩子們寫詩。早年的坎坷遭遇，不幸經歷，像一粒又一粒掉進文學蚌殼裡的砂礫，被詩人以一顆溫柔悲憫的心腸，化作一顆顆光輝飽滿的珍珠。這些珍珠，就是他的童詩。

從冰天雪地的東北南下，渡海來到不受戰火波及的台灣，楊喚一下子就喜歡上了這座亞熱帶的美麗寶島。台灣帶給孤獨無靠的詩人以溫暖，有「甜蜜如糖」的感覺，母親般的撫慰。楊喚覺得，台灣孩子們的面龐上，沒有擦不乾的淚水、寫不盡的風霜，有的只是雲雀一樣的活潑，牛一樣的健康。

在這裡
小朋友們都像健康的牛一樣地健康，
在這裡
小朋友都像快樂的雲雀一樣地快樂。
你來看！
小妹妹是夢見香蕉跟鳳梨在街上跳舞了吧？
要不怎麼睡在媽媽的懷裡

還不停地微笑？
你知道這是什麼地方嗎？
告訴你，她的名字叫臺灣，
是甜蜜的糖的王國，
是童話一樣美麗的，美麗的寶島。——〈美麗島〉

在楊喚擬人化的童詩世界裡，各種動物、植物或昆蟲總是熱熱鬧鬧的跑來跑去，但他們在累了倦了的時候，都能有一個可以遮風避雨的家。反倒是風和雲這些自然現象，被詩人拿來當作離散的可憐對照版：

樹葉是小毛蟲的搖籃。
花朵是蝴蝶的眠床。
歌唱的鳥兒誰都有一個舒適的巢。
辛勤的螞蟻和蜜蜂都住著漂亮的大宿舍，
螃蟹和小魚的家在藍色的小河裡。
綠色無際的原野是蚱蜢和蜻蜓的家園。

可憐的風沒有家，
跑東跑西也找不到一個地方休息。
飄流的雲沒有家，
天一陰就急得不住的流眼淚。
小弟弟和小妹妹最幸福哪！
生下來就有媽媽爸爸給準備好了家，
在家裡安安穩穩的長大。——〈家〉

最後三行詩，出自一個「被眼淚餵養大」、從小在哭聲裡長大的孩子之手，每個字都充滿真摯的祝福，讓人讀後看見楊喚「安得廣廈千萬間」的悲憫心腸：這個人自己是那樣的不幸，卻把悲慘與不幸提煉成最甜最美的文字，希望每個小弟弟小妹妹得到幸福。

她有一套漂亮的小夏裝，
她有爸爸買給她的紙扇兒和紅瓤的冰西瓜，

有小貓小狗陪她玩，
還有很多很多的好朋友。
毛毛不怕天氣熱，
她永遠是那麼快活的遊戲，
那麼用心的讀書，那麼大聲的唱歌。——〈毛毛是個好孩子〉

小女孩毛毛有著詩人童年沒有的事物：漂亮的衣裳、有趣的玩意兒、可愛的小寵物、許多好朋友，以及關心疼愛她的爸爸。楊喚希望毛毛，還有所有讀了這首詩的小朋友，處在這樣幸福的環境時，也要「快活的遊戲」、「用心的讀書」、「大聲的唱歌」，因爲這樣的日子得來不易，可得好好珍惜。在〈快上學去吧〉這首詩裡，裝病不想上學的小弟弟，聽到自己的眼、耳、鼻和手腳都在威脅「罷工」，慌忙答應「好！好！好！/你們都別再吵，/我要做一個好孩子，/再也不懶惰！」這眞是技巧最高明、語氣最溫柔的告誡。關懷之情，滿溢於文字之間，讀來讓小朋友感到興趣，大人深受感動。

楊喚打造的童詩世界，知名度最高、廣受後來研究者不斷分析的，就是被選入國中國文課本裡的〈夏夜〉一詩。這首詩以擬人手法，描寫夏夜景致，文字生動，而且更高明的是，詩人在熱鬧滾滾的動態之中，傳達出一種寧靜平和的感受。從詩裡的各種意象構築起的畫面，我們幾乎可以肯定，這是一個寶島的涼爽夏夜：

蝴蝶和蜜蜂帶著花朵的蜜糖回家了，
羊隊和牛群告別了田野回家了，
火紅的太陽也滾著火輪子回家了，
當街燈亮起來向村莊道過晚安，
夏天的夜就輕輕地來了。
來了！來了！
從山坡上輕輕的爬下來了。
來了！來了！
從椰子樹梢上輕輕的爬下來了。
撒了滿天的珍珠和一枚又大又亮的銀幣。——〈夏夜〉

童詩可以分爲大人寫給小朋友，以及小朋友自己寫（或大人用小朋友口吻寫）的詩作。楊喚的童話詩，兼有上述兩種的長處，而沒有大人的說教或小朋友的幼稚。楊喚以丹麥童話作家安徒生爲學習的榜樣，在他離開世界的那一天，懷裡還放著《安徒生傳》的電影票。在最後，讓我們以詩人向安徒生致敬的詩作，來感謝楊喚爲讀者釀來了文字的蜜糖，心靈的珍珠：

感謝你給我以你的童話的教室。
感謝你給我以你的心的蜜糖。
感謝你給我以愛情和營養。

今天，我要在我詩的小城裡
完成一座偉大的建築，
那就是立起你這丹麥老人的銅像。——〈感謝——致安徒生〉

目錄

Table of contents

第一部 童詩選集

01 下雨了 32
02 小蝸牛 34
03 小螞蟻 35
04 小蟋蟀 36
05 小蜘蛛 37
06 花 38
07 肥皂之歌 40
08 七彩的虹 42
09 眼睛 44
10 美麗島 46
11 快上學去吧 48
12 小紙船 50
13 給你寫一封信 53
14 毛毛是個好孩子 57
15 森林的詩 61
16 童話裡的王國 65
17 春天在哪兒呀？ 70
18 家 73
19 水果們的晚會 75
20 夏夜 77
21 感謝——致安徒生 80

第二部　新詩選集

01 小時候　84
02 垂滅的星　85
03 醒來　86
04 船　88
05 二十四歲　90
06 懷劉妍　92
07 給阿品　94
08 給林郊　96
09 贈禮——給穆熹和他的珠子　98
10 朗誦給康稔聽　100
11 笛和琴——給艾晴　102
12 鄉愁　104
13 高粱啊　105
14 扇子　109
15 駝鈴與琴弦　110
16 懷念　111
17 我喝得爛醉——給愛我的朋友們　112
18 鑰匙　118
19 失眠夜　120
20 小樓　121
21 貓　122
22 花與果實　123
23 號角．火把．投槍——給詩人李莎　124
24 檳榔樹　127
25 椰子樹　129
26 童話　130

27 八月的斷想 132
28 短章（一） 134
29 短章（二） 135
30 島上夜 136
31 我歌唱 138
32 載重 140
33 犁 141
34 快修好你的犁耙 143
35 愛的乳汁 145
36 海 147
37 今天的歌 149
38 春的告誡 151
39 雨 153
40 雨中吟 154
41 詩 155
42 詩人 156
43 詩簡 157
44 黃昏——詩的噴泉之一 160
45 路——詩的噴泉之二 161
46 期待——詩的噴泉之三 162
47 雲——詩的噴泉之四 163
48 夏季——詩的噴泉之五 164
49 鳥——詩的噴泉之六 165
50 日記——詩的噴泉之七 166
51 獵——詩的噴泉之八 167
52 告白——詩的噴泉之九 168
53 淚——詩的噴泉之十 169
54 我是忙碌的 170
55 零下四十度 172
56 風景（未完稿） 188

第一部　童詩選集

01
下雨了

下雨了，
太陽怕淋雨回家去休假，
火車怕淋雨忙著開向車站，
汽車和腳踏車還有老牛車
也都忙著趕回家，
可憐的是那高大的電線桿和綠色的郵筒，
淋著雨站在街頭一動也不能動，
花朵和樹木都低頭流淚，
小鴨和小鵝浸在泥水裡玩得最高興，

麻雀躲在巢裡睡了覺，
小妹妹怕聽那轟隆轟隆的雷聲，
爬上床又蒙上了被還捂緊了耳朵，
迎著風雨，只有勇敢的海燕，
不停的在海上向前飛行，飛行。

02

小蝸牛

我馱著我的小房子走路，
我馱著我的小房子爬樹，
慢慢的，慢慢的，
不急也不慌。
我馱著我的小房子旅行，
到處去拜訪，
拜訪那和花朵和小草們親嘴的太陽。
我要問問他：
為什麼他不來照一照
我住的那樣又濕又髒的鬼地方？

03 小螞蟻

我們是一群不偷懶的小工人，
搬不動哥哥的故事書，
拉不走姐姐的花毛線，
我們來抬小妹妹吃剩下的碎餅屑。
下雨了，
有小菌子給我們撐起了最漂亮的傘；
過河了，
有花瓣兒給我們搖來了最穩當的船。

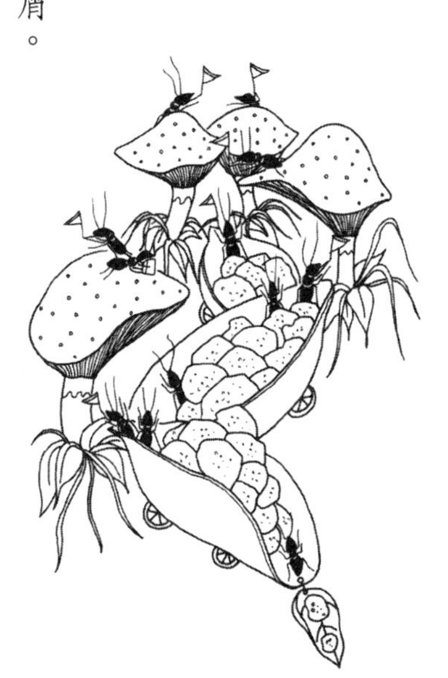

04

小蟋蟀

克利利！克利利！
媽媽的故事真好聽，
克利利！克利利！
洋娃娃的眼睛真好看。
克利利！克利利！
誰讓你的小臉和小手黑又髒？
克利利！克利利！
不哭不鬧睡一覺，
我的歌兒唱到大天亮。

05

小蜘蛛

要黏住小蚊子討厭的尖嘴巴。
要黏住小蒼蠅亂飛的翅膀。
蜜蜂姐姐小心呀，
可別飛到這裡來給我蜜糖！
風兒把落花吹到我的網，
露水把珍珠掛在我的網：
最漂亮的呀，是我的家。

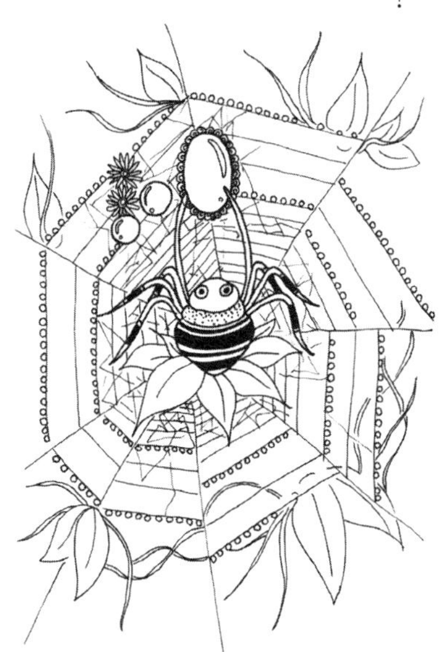

花 06

叮呤呤，叮呤呤
鈴蘭花搖響一串串小鈴子；
嗚啦啦，嗚啦啦，
牽牛花吹起一支支小喇叭，
有細雨給漂亮的百合花洗臉，
有微風給白頭的蒲公英理髮，
有夜鶯為紅玫瑰歌唱，
有太陽跟康乃馨親熱的談話。
有蜜蜂介紹花朵和花朵結婚，

花的家族，最美也最大！
花，是人們最好的朋友，
花，去訪問學校、醫院，
和每一幸福溫暖的家，
花，把香氣散滿了這世界，
花，開在中國、日本、美國和西班牙。

肥皂之歌 07

小朋友們，你們一定都要認識我，
說我是一塊好肥皂。
我不像那些穿得花花綠綠的香肥皂，
被擺在大百貨店高貴的櫥窗裡，
一生下來，
我就被工人們裝進一個粗糙的大木箱。
可是我很快樂，我也很驕傲。
我願意幫助你們的媽媽辛苦的洗衣裳，
我更願意跟著你們快活的吹泡泡。

來，讓我們做一個好朋友吧！
讓我每天替你們洗乾淨那又黑又髒的小手，
再高興的看著你們穿著
洗得又乾淨又漂亮的衣裳
去上學校！

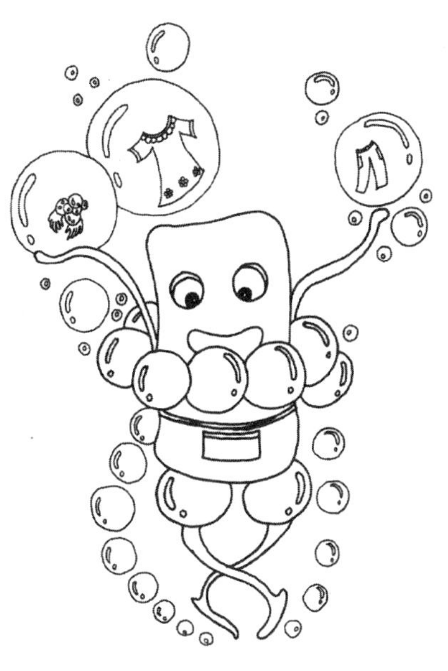

08 七彩的虹

接了太陽國王的大掃除的命令，
小雨點們就都坐上飛跑著的烏雲，
賽跑著離開了天上的宮廷。
他們給稻田和小河加足了水，
他們給骯髒的山谷洗過了澡，
就又來洗淨了清道夫永遠也掃不完的城市，
也洗淨了悶熱的飛滿了塵土的天空。
太陽國王為了獎賞他們真能幹，
就送給他們一條美麗的長彩帶，

那就是掛在明亮的雨後的天空中的
紅、橙、黃、綠、青、藍、紫的七彩的虹。

09 眼睛

小黑貓有兩隻黃色的大眼睛，
在沒有月亮的晚上走路，
那兩隻大眼睛就是牠的燈。
小麻雀的眼睛最靈活，
歡歡喜喜的飛起來，
找著寂寞的孩子唱最快樂的歌給他聽。
小老鼠的眼睛在夜裡才睜開，

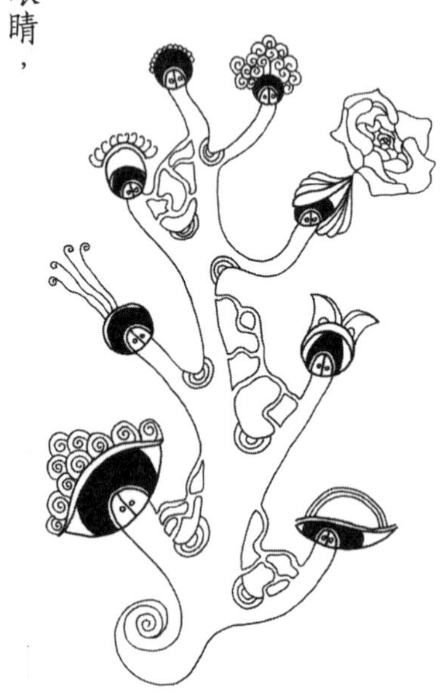

不敢走出來曬曬太陽散散步，
永遠要守著一個又黑又濕的小土洞。
媽媽的眼睛像太陽那樣溫暖，那樣亮，
她微笑的看著你，她永遠的祝福你，
因為你是她最愛的寶貝兒。
你的眼睛是窗子，
要向著明亮的好太陽打開來呀！
要向著藍色的天空打開來呀！
要向著你要走的，
也是最好的一條路打開來呀！
別一看見書本就懶洋洋嚷：
「喔！我的頭痛！」
然後緊緊閉上，像那闔上的蚌殼。

10 美麗島

有藍色的吐著白色的唾沫的海，
小心地忠實的守衛著，
寒冷的冰雪永遠也不敢到這裡來。
有綠色的伸著大手掌的椰子樹
緊緊的拉著親愛的春天，

美麗的花朵永遠成群結隊的開。
在這裡
小朋友們都像健康的牛一樣地健康，
在這裡
小朋友都像快樂的雲雀一樣地快樂。
你來看！
小妹妹是夢見香蕉跟鳳梨在街上跳舞了吧？
要不怎麼睡在媽媽的懷裡
還不停地微笑？
你知道這是什麼地方嗎？
告訴你，她的名字叫臺灣，
是甜蜜的糖的王國，
是童話一樣美麗的，美麗的寶島。

11 快上學去吧

——快上學去吧！
小書包緊急的看著那越升越高的太陽
——快上學去吧！
老鬧鐘也扯著嗓子大聲的嚷。
懶洋洋的看著天花板，
小弟弟裝做生病不起床。
蒙上頭，正想再睡，
忽聽得他們在開會：
眼睛說：很好！我要關起窗子永遠的休息！
耳朵說：不錯！我要鎖起門來整年的睡！

鼻子說：很好！我高興放長假！
腳說：我也永遠不想再走路！
手說：那我也永遠不想再工作！
小弟弟一聽著了慌，
一翻身就爬起來：
好！好！好！
你們都別再吵，
我要做一個好孩子，
再也不懶惰！

12 小紙船

你就快點摺起一個小紙船罷，
別捨不得一張白色的勞作紙呀，
再用你五彩的蠟筆
畫上一個歪戴著白帽子的小水手。
小蟋蟀是去參加一個音樂會，
要過河去唱歌；
小螞蟻忙了一天想媽媽，
要過河趕回家。
你看，你看他們都等急啦！
當那太陽先生向白天告別的時候，

當那雲彩小姐被吻得羞紅的臉，
當那蝌蚪孩子要躲在河床下休息，
就讓你的小紙船揚帆罷！
讓它浮過小橋，
讓它輕輕浮過小橋，
可別驚醒了睡在小河上的晚霞。
快點划！快點划！
千萬叮嚀你的小水手
別在半路上停了船哪，
別讓它靠了岸去給他的小戀人
採那開得金黃金黃的蒲公英花。
你該知道，這時候，
那熱鬧音樂會上

已經響過一遍嘹亮的小喇叭，
就是小螞蟻的媽媽
也正焦急的等著他回去吃晚飯哪。
等那月兒姐向小河照鏡子；
等那星星們都頑皮的鑽出了頭，
等那夜風和小草低語的時候，
等那花朵都睡了，等那蟲兒都睡了的時候，
螢火蟲也該提著燈籠來了，
讓他們迎接你的小紙船和那忠實的小水手，
平安地彎進那生遍蘆葦的靜靜的小港口！

13 給你寫一封信

今天是星期日
（不下雨，不颳風，頂好頂好響晴的天氣）
你一定一早就跑出去了，
跟你們的同學們，
東跑西跑的去吵架罵人，
嘴裡胡亂的吃東西，
一看起連環圖畫就什麼都不管了，
把一套剛穿上身的衣裳又弄得髒髒的，
不是跌破了頭就是打腫了臉，
活像豬八戒那個怪樣子。

別老是不理我們罷，
親愛的好朋友，
不，我們親愛的小主人！
你該知道我們是多麼喜歡和你親近。
教科書在想著你，
記事本在想著你，
我和刀片和橡皮不舒服的躺在文具盒裡，
也在想著你，想著你呀！
雖然在你發脾氣的時候
動不動就把我們從桌子上摔下去
（教科書教你給弄破了衣裳，
筆記本讓你撕得亂七八糟，
橡皮到現在還害著皮膚病，

我和刀片差一點沒給你摔斷了腰，）
雖然爸爸和媽媽罵你是壞孩子，
老師也說你是一個糟糕透頂的壞學生。
你別老是不理我們罷！
哪管是用你那兩隻弄得又黑又髒的小手，
來親切地摸一摸我們也好。
教科書是聰明的好先生，
雖然他不會像連環圖那樣讓你喜歡，
但是他不會讓你在課堂上，
紅著臉翻白著眼睛答不出老師問你的問題；
我是一枝最好最好的鉛筆，
我跟筆記本和刀片和橡皮，
會熱心地幫助你做功課抄筆記。

你別老是不理我們罷！
親愛的好朋友，
不，我們親愛的小主人，
我們都在等著你，
在等著你。

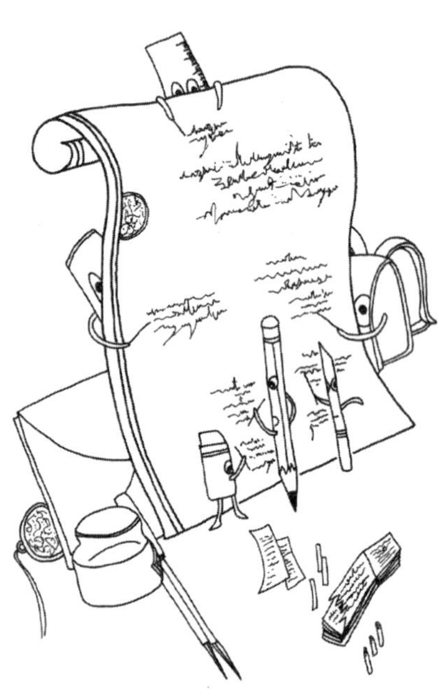

14 毛毛是個好孩子

駕著太陽的金車，
打著雲彩的傘，
夏天先生到人間旅行來了。
來了，來了，
蟬兒第一個通知了可愛的孩子們。
來了，來了，
南風也跟著告訴了搖著扇子的芭蕉。
向日葵真是個大傻瓜，
夏天就在他的身旁，
他還是每天向太陽問夏天的消息。

蜜蜂頑皮的飛到東又飛到西，
見到花朵就問一句：
「討厭的夏天又來了，
你知道不知道？」
喇叭花早就知道夏天從哪兒來，
他塗得滿臉都是脂粉，
歡喜的爬出籬笆等著迎接他。
小荷花看著小魚兒高興的捉迷藏，
他躲在河邊只是靜靜的笑。
小草有月亮媽媽給他蓋上露珠的被，
就是再熱的晚上，
他也能安靜地睡。
青蛙們最怕熱，

一天到晚鼓起肚皮大聲地罵。
夏天先生是毛毛的好朋友。
在早晨，好孩子都醒了，
洗過臉就要到公園裡去散步，
夏天先生就讓小麻雀做使者，
輕輕地把她從遙遠的夢裡喚回來；
在晚上，燈火都睡了，
恐毛毛看著黑洞洞的屋子要害怕，
夏天先生就讓小蝙蝠做守衛，
飛來飛去不離開她的家。
毛毛是個好孩子，
她有一套漂亮的小夏裝，
她有爸爸買給她的紙扇兒和紅瓤的冰西瓜，

有小貓小狗陪她玩，
還有很多很多的好朋友。
毛毛不怕天氣熱，
她永遠是那麼快活的遊戲，
那麼用心的讀書，那麼大聲的唱歌。

15

森林的詩

「太陽好！
早晨好！」
喜鵲小姐第一個睜開眼睛，
打開綠色的百葉窗，
向剛才來上班的太陽，
向剛才起床的早晨，
一遍又一遍地叫。
頂著滿頭的露珠，
小菌子從四面八方來集合了，
排成一列列的小隊伍，

讓風先生做指揮，
在鋪滿野花的操場上
開始做體操。
啄木鳥叔叔最被大家尊敬，
因為他是一個熱心腸的好醫生，
每天都從早忙到晚，
還沒吃過早飯，
就被請走給老杉樹公公去看病，
不帶體溫計，
也沒有聽診器，
他仔細的給老杉樹檢查，
用他那長長的，又尖又快的大嘴巴。
白兔弟弟最聽媽媽的話，

一早起來就刷過牙，洗過那長長的大耳朵，
他是辛勤的小園丁，
不偷懶，愛工作，
他種小花小草，
種一畦小麻豆，也種一畦小胡瓜。
他最高興的是看著
播下去的種子變成了嫩芽。
畫眉姑娘是個小小的音樂家，
可是她不願意躲在家裡吹口琴，
她怕住在森林裡的朋友們太寂寞，
就飛東飛西去訪問，
讓辛苦了一天的朋友們坐下來休息，
聽她唱幾支世界上最好聽的歌。

狐狸和狼不再做那些壞事情，
他們現在是親熱的好鄰居，
一對用功的好學生，
他們在一起散步，在一起上學校，
蜜蜂老師教他們唱歌，教他們識字，
森林就是他們的大教室。
貓頭鷹長年地戴著一副大眼鏡，
你該知道，他是最有學問的老博士，
白天他把自己關在屋子裡，
讀那一厚冊一厚冊的硬皮書，
到晚上一點也不想睡覺，
不停的對著月亮和星星講故事，
一歡喜起來就怪聲怪氣的笑。

16 童話裡的王國

小弟弟騎著白馬去了，
小弟弟騎著白馬到童話的王國裡去了，
媽媽留不住他，
爸爸也留不住他，
就是小弟弟最愛聽的故事，
和最喜歡的小喇叭，
也留不住他。
啄木鳥知道了，很早很早就給小弟弟
把金銀城的兩扇門敲開啦；
老鼠國王知道了，

很早很早就穿上新的大禮服，
在那一大朵金黃色的向日葵底下迎接他啦！
啊！熱鬧的日子，
高興的日子，
美麗的老鼠公主出嫁的日子呀。
（晴藍的天也藍得亮晶晶的，
藍得不能再藍啦！）
太陽先生扶著金手杖，
來參加這老鼠國王嫁女的婚禮來了。
風婆婆搖著扇兒，
也匆匆忙忙的趕來了。
——好多的客人哪！
只有小弟弟一個人，

騎著美麗的小白馬。
美麗的公主羞紅著臉請客人們吃酒了。
美麗的公主羞紅著臉伴著客人們跳舞了。
客人們高興得要瘋啦。
老鼠國王臉上笑得要開花啦。
（真的，這幸福的王國開遍了幸福的花！）
醉了的客人獻給公主的是——
一頂用彩雲編結的王冠。
太陽先生是個聰明的老紳士，
就用一串串的星星做贈禮，
——珍珠似的星星好鑲在那頂王冠上呀。
風婆婆送給公主一把蜂蜜做的梳子，
——好梳公主那烏黑的長頭髮呀。

小弟弟送她什麼好呢？
小弟弟送她一個洋娃娃吧！
兩隻年輕的小白兔抬著一頂紅紗轎，
一隊紡織娘的吹鼓手，
一隊螞蟻的小旗兵，
走遠了，走遠了
老鼠公主從金銀城嫁到百花城去了。
聽說公主的女婿，
是一隻漂亮體面的紅冠大公雞。
夜好靜好深呀！
客人們都醉得不能走路了。
小弟弟的眼睛小得只剩下一道縫了。
小弟弟要睡了。

小弟弟呀！小弟弟呀！
媽媽和爸爸在叫你哪！
小弟弟呀！小弟弟呀！
你的大喇叭急得要哭啦！
小弟弟，快回去吧！
你若是害怕夜路，
螢火蟲會提著燈籠送你回家。
把好心的風婆婆送給你的糖果
留給小妹妹吃；
把老鼠國王送給你的搖籃
留給小妹妹睡；
太陽先生送給你的那顆小小的希望星，
就送給最愛你的小戀人罷。

17 春天在哪兒呀？

春天來了！
春天在哪兒呀？
小弟弟想了半天也搞不清；

頂著南風放長了線，
就請風箏去打聽。

海鷗說：春天坐著船在海上旅行，
難道你還沒有聽見水手們迎接春天的歌聲？
燕子說：春天在天空裡休息，
難道你還沒有看見忙來忙去的雲彩，
仔細的把天空擦得那麼藍又那麼亮？
麻雀說：春天在田野裡沿著小河散步，
難道你還沒有看見大地從冬眠裡醒來，
梳過了森林的頭髮，又給原野換上新裳？

太陽說：春天在我的心裡燃燒，

春天在花朵的臉上微笑，
春天在學校裡跟著孩子們一道遊戲一道上課，
春天在工廠裡伴著工人們一面工作又一面唱歌，
春天穿過了每一條熱鬧的大街，
春天也走進了每一條骯髒的小巷，
輕輕的爬過了你鄰家的牆，
也輕輕的走進了你的家。

小弟弟說：讓春天住在我的家裡罷！
我會把最好吃的糖果給她吃，
媽媽會給她預備一張最舒服的小木床，
等到打回大陸去，
讓爸爸媽媽帶著我跟春天一起回家鄉。

家[18]

樹葉是小毛蟲的搖籃。
花朵是蝴蝶的眠床。
歌唱的鳥兒誰都有一個舒適的巢。
辛勤的螞蟻和蜜蜂都住著漂亮的大宿舍，
螃蟹和小魚的家在藍色的小河裡。
綠色無際的原野是蚱蜢和蜻蜓的家園。

可憐的風沒有家，
跑東跑西也找不到一個地方休息。
飄流的雲沒有家，

天一陰就急得不住的流眼淚。
小弟弟和小妹妹最幸福哪！
生下來就有媽媽爸爸給準備好了家，
在家裡安安穩穩的長大。

19 水果們的晚會

窗外流動著寶石藍色的夜，
屋子流進來牛乳一樣白的月光，
水果店的鐘噹噹地敲過了十二下，
美麗的水果們就都一齊醒過來，
請夜風指揮蟲兒們的樂隊來伴奏，
這奇異的晚會就開了場。

第一個是香蕉姑娘和鳳梨小姐的高山舞，
跳起來裙子就飄呀飄的那麼長；
緊接著是龍眼先生們來翻筋斗，

一起一落的劈拍響；
西瓜和甘蔗可真滑稽，
一隊胖來一隊瘦，怪模怪樣的演雙簧；
芒果和楊桃只會笑，
不停的喊好，不停的鼓掌。

鬧呀笑呀的真高興，
最後是全體水果們的大合唱，
她們唱醒了沉睡著的夜，
她們唱醒了沉睡著的雲彩，
也唱來了美麗的早晨，
唱出來了美麗的早晨的太陽。

夏夜 20

蝴蝶和蜜蜂帶著花朵的蜜糖回家了，
羊隊和牛群告別了田野回家了，
火紅的太陽也滾著火輪子回家了，
當街燈亮起來向村莊道過晚安，
夏天的夜就輕輕地來了。
來了！來了！
從山坡上輕輕的爬下來了。
來了！來了！
從椰子樹梢上輕輕的爬下來了。
撒了滿天的珍珠和一枚又大又亮的銀幣。

美麗的夏夜呀！涼爽的夏夜呀！
小雞和小鴨們關在欄裡睡了。
聽完老祖母的故事，
小弟弟和小妹妹也闔上眼睛走向夢鄉了。
（小妹妹夢見她變做蝴蝶在大花園裡忽東忽西的飛，
小弟弟夢見他變做一條魚在藍色的大海裡游水。）
睡了！都睡了！
朦朧地，山巒靜靜的睡了！
朦朧地，田野靜靜的睡了！
只有窗外瓜架上的南瓜還醒著，
伸長了藤蔓輕輕地往屋頂上爬。
只有綠色的小河還醒著，

低聲的歌唱著溜過彎彎的小橋。
只有夜風還醒著，
從竹林裡跑出來，
跟著提燈的螢火蟲，
在美麗的夏夜裡愉快的旅行。

21

感謝

——致安徒生※

你父親製的鞋子不能征服荊棘的路，
你母親的手也沒有洗淨人們的骯髒；
而你點起來的燈啊，
將永遠地，永遠地亮在這苦難的世界上。

在那北風嗚嗚地吹著大喇叭的冬夜，
我不會寂寞，更不覺得冷；
因為溫暖著我的有你的書的爐火，
坐在身旁的是那個賣火柴的小姑娘。
縱然那北方的春天曾拒絕我家的邀請，

※ 安徒生（Hans Christian Andersen, 1805-1875），丹麥作家、詩人。

我還是像雀鳥那樣快樂，太陽般的健康；
過去的牧豬奴已長成為一個戰士；
我這從農場裡出來的醜小鴨啊，
已生一對天鵝的翅膀。

感謝你給我以你的童話的教室。
感謝你給我以你的心的蜜糖。
感謝你給我以愛情和營養。

今天，我要在我詩的小城裡
完成一座偉大的建築，
那就是立起你這丹麥老人的銅像。

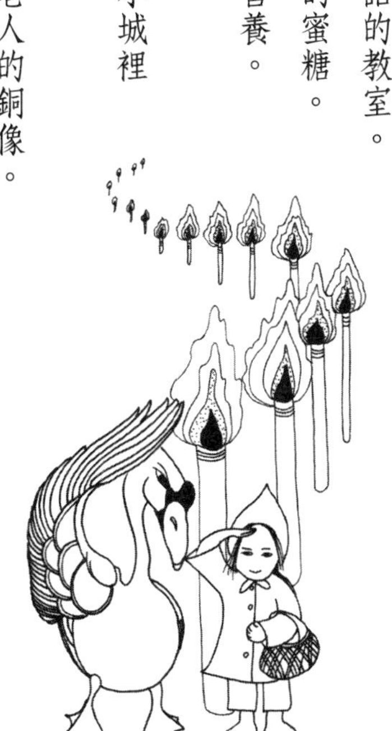

第二部　新詩選集

小時候 01

小時候，
在哭聲裡長大，
讓我的日子永遠蒼白憂鬱。

從落後的鄉村走出來，
又跌落在都市的霓虹的燈彩裡。

我作過夢，寫過詩，
也愛過一個美麗多情的少女。

02

垂滅的星

輕輕地，我想輕輕地
用一把銀色的裁紙刀
割斷那像藍色的河流的靜脈，
讓那憂鬱和哀愁
憤怒地氾濫起來。

對著一顆垂滅的星，
我忘記了爬在臉上的淚。

醒來[03]

是誰投我於這無邊的惡夢？
是誰試煉我這昏眩的痛苦？
像被盛進女巫的黑色的魔袋，
像迷失於叢林蒼莽的峽谷。

是誰冷熄了我的火熱的思想？
是誰扭曲了我腳下的路？
使我呀，折斷了豎琴和歌唱，
使我呀，遠離了我喜歡的風景和愛讀的書。
啊啊，我不知道，我不知道。

直到今天，我醒來，才發覺：
是我錯受了庸俗與醜惡的招待，
用一切去換取慾望的追求和貪婪的滿足。

今天，我醒來，向蒼老的昨夜告別，
跪拜著迎接又一次的考驗，
今天，我醒來，我流下了懺悔的淚，
緊緊地擁抱住一個新的自己，放聲大哭。

船 04

像一首詩，
被寫在沉默的稿紙上；
像一張犁，
划行過哄笑著的土地。
你，掙脫了港口和繩索，
向藍眼睛的海走去。

當我想到自己
是怎樣匍匐在人生的峽谷，
我乃失聲痛哭了。

不，不的呀，
那紛紛滾落的不是眼淚，
而是一場來考驗自己的大雷雨！

05 二十四歲

白色小馬般的年齡。
綠髮的樹般的年齡。
微笑的果實般的年齡。
海燕的翅膀般的年齡。

可是啊，
小馬被飼以有毒的荊棘，
樹被施以無情的斧斤，
果實被害於昆蟲的口器，
海燕被射落在泥沼裡。

Y．H，你在哪裡？
Y．H，你在哪裡？

06 懷劉妍

閃動著，閃動著的，是妳的眼睛，
流過來，流過來的，是我們的愛情；
每當我回到走近來的過去的日子，
我的心就一如美好的田野和亮藍的星空。

那時候，那時候我們都該有多傻呀，
焦躁地守候著一個不會到來的童話，
日日夜夜地夢想著要駕金車飛去，
白色的馬是雲彩，美麗的軛是虹……

有一天，妳發覺：我的歌聲失蹤了，
那是因為我要去追尋我理想的神燈；
離開妳的愛撫和親人們的庇護，
獨自走進這冰冷的世界上來旅行。

可是，我呀，是如此的脆弱與卑汙，
竟時時錯誤地滑落，如一粒脫軌的流星，
不是在懺悔著我不該遺棄了我的旗；
就是咒罵自己：怎麼又做了一次怯陣的逃兵……

此刻，黑暗的屋子，像沉悶的舞台，
沒有妳溫柔的投射與愛的照明；
我躺著，像突然跌倒下來的悲哀的角色，
把這首懷念的詩朗誦給不在的妳聽。

給阿品[07]

你有畫筆，
為什麼不描繪下一幅天藍色的生活？
你有豎琴，
為什麼不譜一曲健康響亮的歌？

喂！你，憂鬱的，
憂鬱病的患者。
你呀，你需要營養。
最好是到綠色的森林地帶去旅行，
採一捧陽光的花束，

搭一乘愉快的金馬車……
你呀，你就該準備起來，
像是走赴你的戀人的約會，
張開熱情的手臂，
迎接明天的工作……
我讓我的詩的鴿子，
訪問你於你孤獨的門外，
請你用友情做一枚銀色的封筒，
把鈴子一樣的笑聲盛入，寄回給我。

給林郊 08

讀著你的詩，像聽琴，
但，我是一點也不愉快；
每一個字都像是披雅娜※的冰冷的牙齒，
咬嚙我痛苦的靈魂。

你，揮一揮手，說：
別了，別了，這煩囂之城！
於是，挾著角笛走向鄉村。
而我呀，有濃重的鄉愁。
來自遙遠的北中國。

※指鋼琴，爲英語 piano 的音譯。

這些日子，在心裡：
波動著綠色的大地的海，
茁長著綠色的高粱的森林。

贈禮 09

——給穆熹和他的珠子

用花束和朱古力，
來讚美你們的青春。
你們的快樂，
——我不願意。

說沿路的風景也太美，
也許有風有雨，
你們請到我這裡來休息，
——我不願意。

祝福列車平安的
駛向最後的驛站，
敲開那老於人類的幸福的
園堡底門環，
你們永遠地啜飲那最初的，
最初的蜜。

10 朗誦給康稔※聽

康稔！面對著嘶喊的海
你該看一看
　那從浪花裡飛起來的海燕
你該看一看
　那從港口裡揚帆的遠行船
你也該張開翅膀飛起來呀
飛起來　飛起來
飛近春天的窗口

你也該揚帆出發呀
前進呀　前進呀
駛近春天的堤岸

康稔，即詩人黃守誠（1928-2012）所使用的筆名之一。黃守誠，河南湯陰人，曾用筆名歸人、黎芹、康稔等，一九四九年到台灣，曾任編輯、講師、副教授。黃是楊喚至友，後來致力於收集楊喚各種遺稿，編有《楊喚全集》、《楊喚書簡》等刊行。

笛和琴 11

——給艾晴

你的笛有玲瓏的銀孔，
我的琴卻是無弦的。
當你讓你的笛音像薔薇朵朵開放，
我的琴遂也在寂寞的冷谷裡響起。

當思凡的星子從雲的樓閣裡悄悄落下，
我的憂鬱提著螢火蟲的燈籠走來，
每夜，在喝醉了月光的酒的彩湖邊，
我要騎上從童話裡馳來的白馬，
流浪到你的開著窗子的夢裡。

有誰知道鎖在我心之錦匣裡的鑽石的祕密？
孤獨的我是怎樣地在愛著你這花衣的吹笛人？
我的琴啊，也怎樣在深深地默戀著你的銀笛？

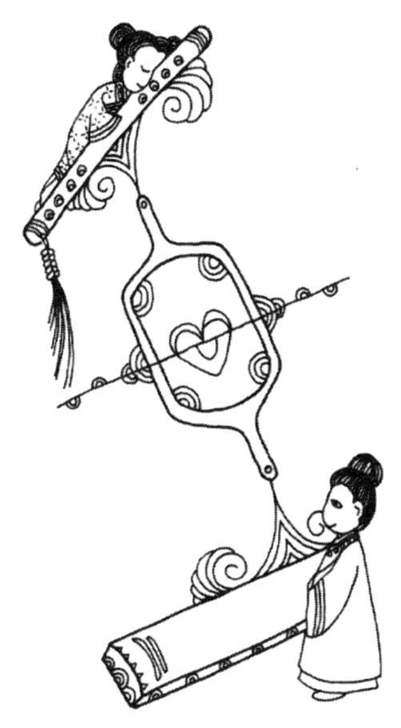

鄉愁[12]

在從前，我是王，是快樂而富有的，
鄰家的公主是我美麗的妻。
我們收穫高粱的珍珠，玉蜀黍的寶石。
還有那掛滿在老榆樹上的金幣。

如今呢？如今我一貧如洗。
流行歌曲和霓紅燈使我的思想貧血。
站在神經錯亂的街頭，
我不知道該走向哪裡。

13

高粱啊

在金黃色的豐饒的土地上，
你開著用珍珠串成的花，
在颳風落雪結冰的北方，
你點燃著熊熊的火把。

高粱啊！
我和你一樣，
在北方那多難的母親的土地上
扎根，抽芽，拔節長大……
還記得嗎？

當我還是個黃毛未退的小娃娃，
就那麼喜歡你呀。

用你的秫稭做我跨下的白馬，
用你的葉子捲成吹起來嗚嗚響的喇叭，
用你的細篾紮成車馬和眼鏡和滴溜圓的大西瓜，
我更喜歡在你綠色的森林裡
撒歡，打滾，捉螞蚱，打鳥米，
聽你和旅行田野的山風遊戲，
嘩啦啦地抖著滿身的長葉子，
就像落了一場雨……

還記得嗎？

當我們用磨亮了的鐮刀割下你，
那豐收的八月該多麼讓人歡喜：
忙完了秋天，打完了場，
我們就套好了老牛車，
頂著星星去趕集；
那是你給帶來的好年月，
東家忙著蓋房子置田地，
西家張羅著娶媳婦，嫁閨女……

高粱啊！
我在日日夜夜的想念著你，
我在日日夜夜的想著打回去，
好讓我還像小時候那樣

爬下山坡，涉過小河，
親切的走近你，
嘴裡唱著熱鬧的「蓮花落」，
帶著滿臉滿手滿身的泥……

扇子 14

詩人說：風是滾動在天河裡的流水；
我想：那麼這扇子該是一架水車。
在這流水的日子裡，
在這苦旱的日子裡，
它，忙碌地工作著，
把那滾滾的流水引向我……

15 駝鈴與琴弦

黃昏的鎮上
有老人和他的駱駝走過
摘下駝鈴
卸下琴弦
他說：怕年輕人惹寂寞。

懷念[16]

從浴室裡輕輕地走出來
用梳子理著絲絲長髮
也梳著那絲絲如髮的記憶
那少女的明朗的微笑
又在我眼前花般地綻開了
一如她在亮藍的昨日才別我遠去

窗外，靜止著美好的秋天
濃郁的大波斯菊正播散著
她那熟透了風情的少女的芳香般的氣息
而我的友人哪，卻不在這裡……

17

我喝得爛醉

——給愛我的朋友們

酒，燒紅了臉
酒，燒紅了眼睛
把我的心燒得直冒火呵
今夜，因為我太興奮
我喝得痛快，我喝得爛醉

這要是落腳在
一個正落著雨的小城
你看黃昏偷偷的溜進了小胡同
挑在澡堂門首的那盞青春的小紅燈

那我們該更興奮，更痛快

可是，在這裡
這是個天堂又是地獄的地方
這被罪惡和黑暗統治著的地方
這霉爛在荒淫和無恥裡的地方
我們憎恨，我們不愛

我告訴你：
我的老祖父老得
頭髮全白啦
——一搖頭就像一片秋風裡的蘆葦
他會喝酒，他還要喝酒

當他看著地裡的莊稼茁壯的長起來
又在大月亮地裡收割下來的時候
當他的女兒出嫁，兒子娶媳婦的宴席上
當他們一年來辛苦的收成都繳上了租
當他氣憤的罵過了「熊」人的保長
歡喜得流出了淚
愁苦得抬不起頭來的時候
他就要喝酒呵
（他會不吝嗇的拿出壓在箱子底下的錢
買來酒，那是他老也捨不得花掉的體己錢哪）
兩隻多青筋的大手攢緊了錫酒壺張大了嘴巴
讓酒像一道小河向他的喉嚨裡流……

今夜，因為我太興奮
和你們在一起
頂屬我年輕呵
我想起了家
我乾了一盃又一盃
我就醉了，我就喝醉了

我知道
現在，我的家從苦難裡爬了起來
我們的那個村子也從苦難裡爬起來

老祖父不再那樣寂寞了
張開昏花的兩眼

在等著我回去
我們那村子也等著我回去……
可是，現在我在這裡
我和你們喝得爛醉

可要知道呵
我終究要回去
我是老祖父的好孩子
我是我們村子裡一個最年輕的人
我要回去下地※
我要回去把這裡的醜惡講給他們聽
我要回去
在村頭

扯起一面旗子……

我喝醉了，我喝得爛醉了

但是，現在我就要醒過來

下地:下田耕種。

鑰匙[18]

我有一串鑰匙，
那拙笨短小的就像白癡和侏儒，
那姣好玲瓏的一如公主之美麗多姿。

當我煩躁的時候，
她們偏要高聲爭吵
像一副冰冷無情的鋳鐐；
在我安靜的時候，
她們也跟著輕輕低語
使我懷想起

有牛羊的頸鈴搖響了成熟的秋日。

19 失眠夜

今夜，又一次
我免於被封鎖進痛苦的睡眠，
在沒有燈的屋子裡，
自己照亮自己。於是
紙煙乃如一枝枝的粉筆，
在夜的黑板上，
我默默地寫著
人生的問題與答案，
美麗的童話和詩句。

小樓[20]

當風和雨在暗夜裡突然來訪，
這小樓乃如一株落盡了葉子的窗；
那憂鬱的夢啊，是枚白色的殼，
我呀，就是馱著那白的殼的蝸牛。

我，有一對耽於沉思的眼睛；
樓，有很多扇開向藍天的窗口。
但，陽光的啄木鳥是許久也沒有飛來了，
不停地，我揮動著招引的手。

貓[21]

凝固了的生活是寂寞的。
妳來了，給我以溫柔的回憶。
妳的同類中有一個是我的好友，
她和我曾共度童年的美麗。
但，今天，妳的殷勤的造訪是惱人的，
因為他們拒絕再給妳我以
天真的故事，昆蟲和玩具。

花與果實 22

花是無聲的音樂，
果實是最動人的書籍，
當它們在春天演奏，秋天出版，
我的日子被時計的齒輪
給無情地嚙咬，絞傷；
庭中便飛散著我的心的碎片，
階下響起我的一片嘆息。

號角·火把·投槍[23]

——給詩人李莎

像古老而不衰弱的地球，
永遠孕育著新希望的人類，
苦難而倔強的中國呀，
也永遠要聳立在黎明的東方。

決不流淚，決不投降，
雖然被暴力劫奪了母親的土地
而我們哪，
卻用戰鬥的血手
緊緊地擁抱了不屈服的海洋。

像反抗暗夜的向日葵，
我們永遠朝向真理的太陽；
像熱戀藍天的雲雀，
我們也將永遠為著自由歌唱。

「帶怒的歌」，
是你的第一面光輝的戰旗，
是你唱給我們的第一樂章，
但是，我還在急切的熱望著
你再給我們譜出一串撼人心弦的大交響。

哦！李莎呀，李莎。

吹起來，吹起來，
我們那飄動著美麗的流蘇的詩的號角！
燒起來，燒起來，
我們那燃燒著灼熱的血的火焰的詩的火把！
擲過去，擲過去，
我們那鋒利而又雪亮的詩的投槍！

檳榔樹[24]

星的金耳環，月的銀梳，
都是那些拜金主義者送妳的禮物；
高貴的長裙，曳地的晚禮服，
那是愛情病患者們用想像的輕紗給妳縫就的。

不要左右搖擺了罷。
不要左右搖擺了罷。
我不要吻妳這活在夜生活裡的貴婦。

我要帶著一隻微笑的紅燭去向向日葵求婚，

請蟋蟀收拾起他的藍色的小夜曲，
請小河不要朗誦詩句，
我只要用燭火點亮我的山歌，
直到我的歌聲引來那使她抬起頭來的日出。

椰子樹 25

像披著如絲的長髮的少女，
椰子樹嬌羞的站在寂寞的窗口。
默默的凝視著她，凝視著，
因為，我今天異常的需要溫柔。

不必給她寫長長的信，
也不必陪她去月下輕輕的散步，
她知道怎樣愛著我，
也知道怎樣愛著小樓。

童話[26]

我的耳朵散步在草蟲的村落，
驚訝於一隻蜜蜂嚶嚶的哭泣；
我的嘴問他為什麼會如此的痛苦，
而不去用歌和吻去挑逗那些迷人的花朵？

他說：那些沒有靈魂的花朵只有庸俗的美麗，
過度辛勞的工作使我把一切都完全忘記；
誰都知道蜜是香甜而又醉人的，
可有幾個知道我們那六角形的工廠
是怎樣的骯髒、吵鬧和擁擠？

這時有一群鵝大笑著從我身邊搖擺地走過，
我正在想：為什麼他們會如此高興而不知煩惱？
我聽見我的心告訴我只有愚蠢和無知才能使人快樂。

八月的斷想[27]

聽見了嗎？混濁的音樂溶解了，
又在不透明的黃昏的杯盞裡沉澱著，
有一群小精靈們舞蹈於流浪者的破帽簷上，
因縱情的戲謔而在吃吃地竊笑。

那個騎著黑驢的酒神已經遠從愛琴海上來啦！
我真耽心，耽心那些謝落了繁花的園子，
還沒有成熟一串串釀酒的葡萄。

年輕的，喜歡冒險的夢想家啊，

不要再攜著槳到銀河裡去試航了吧！
紙紮的細工被昨夜的呼吸無救的摧毀，
生命的平面上需要鋼鐵的立體的創造。

把久違的朋友邀來，把生活的地圖展開，
我們精密的計畫著怎樣為秋天的列車，
在這丘陵地帶鋪設一條通往太陽的軌道。

28 短章（一）

你的嘆息
應該被快樂絞殺，
面對著明天歌唱。

你的腳步
應該跨出窄門，
向沸騰著的廣場。

短章（二）[29]

這風景的日子，
我想著統治於嚴寒的地帶。
號角就要嗚啦地吹響了！

向冬天出發，
我們的鋼鐵般的隊伍
是春天的儀仗。

島上夜 30

童話般的夜呀，
在閃動著無數隻燈的眼睛。

不是失眠，
我是在透明的夢裡醒著，
聽列車載著夜
向金色的黎明。

像秋天
成熟著紅色的果實，

島上夜
正成熟著我們的回家的夢。

像青春的少女
成熟著迷人的乳房，
島上夜
正成熟著明天的風景。

31 我歌唱

我鄙棄瘖啞地哭泣著流浪的手風琴，
我熱戀著我的槍。

今天，旌旗滿山，
我們的隊伍像森林，
用仇恨搥打詩句，
迸射著憤怒的火花，
我呀，我是森林中的鍛鐵匠。

我歌唱，

復興的中國在明天，
我歌唱，
海那邊的暗夜不會長。

載重[32]

樹的愛情是忠實的，
她不能離開泥土和鄉村；
雲的生活是懶散的，
只知道悠閒的散步，愉快的旅行。

那麼，請載重的車出發吧！
載著我們的夢想和希望，
穿過通往幸福的路，
馳向那遙遠的自由的城。

犁[33]

密集著的是甘蔗的隊伍。
成熟著的是稻的彈粒。
沉默著的是像地雷般的鳳梨。
香蕉姑娘害羞的懷孕著幸福。
椰樹少女熱烈的擁吻自由。
這裡的土地呀，在酗著陽光的火酒……

犁呀，是帶來祝福和營養的使者，
不再是要用我們的痛苦來餵養的農具；

牛啊，是和我們分享甜蜜的朋友，
不再是駕著沉重的軛的奴隸，
今天，在一切都開花和歌唱的日子裡。

34 快修好你的犁耙

快修好你的犁耙呀，
快修好你的犁耙。
就像你在偷偷地懷念著

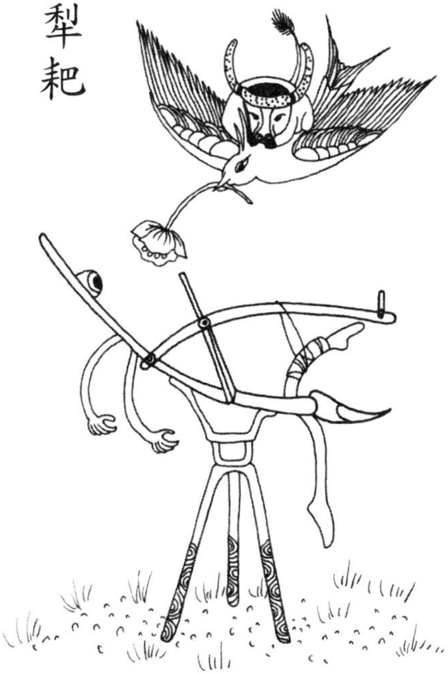

那個飄著花裙的少女；
犁呀，在深深地相思著土地哪，
他渴望擁吻牠的戀人，
在她的胸膛上激起朵朵興奮的浪花。

布穀鳥在不停的催請，
大水牛也等得不耐煩啦。

快修好你的犁耙呀，
快修好你的犁耙。

愛的乳汁 35

中國的鄉村的輪廓，
是用被苦難給扭曲了的線條組成的；
鄉村裡母親們的日子啊，
是汗水和眼淚和鼻涕的容器。

以泥土做搖籃的孩子們，
可曾對泥土捧出忠實的愛情嗎？
像辛勞的母親用愛的乳汁，
孵育我們這些不安的小鴨和頑皮的雛雞？

卑怯的人子啊，請看：
母親的背影是怎樣顫抖地在畫面上凸出；
愛的乳汁又怎樣磨出的。

海[36]

最偉大也最豐富，
但你從不炫耀和驕傲，
只永遠唱著一支歌，
說著一句簡單而又動人的言語，
不拒絕那向你紛紛投下的網罟，
也無視於這世界上所有的，
貪婪的杯卮和無恥的容器。

而我們這些自私的人類呀，

卻像蜜蜂殼般把自己緊緊關閉，
吝嗇著愛與溫暖和同情的施捨，
只知道像驅使那兇狠的獵犬，
放縱著罪惡的私欲，

瘧蚊般殘忍地壓榨和吸取，
又污穢地排泄，骯髒地分泌……

海呀，我瞭解你那憤怒的吼叫，
海呀，我聽見了你那痛苦的呼吸。

37 今天的歌

不要再幻想自己，
是童話裡白馬的騎者吧！
不要再搖落一串嘆息！
快來為莊嚴的時代歌唱。
為受傷者輸血，看護，
給死難者招魂，畫像。

為了建築人類明天美好的工程，
你我都應該獻出自己的生命。

春的告誡

38

凡是陳舊的姿態都該改變，
凡是不堪積壓的都急速突破，
讓生者倔強的爆裂開土地，
讓死者埋下去填補他的空位，
呵！那些渴求著光和熱的，
我給你們年輕的時間，
過時不再，過時不再。

所有能發聲音的都發到無限，

所有蜺失顏色的都重新閃光，
一切都在艱苦的鬥爭中；
智慧屬於工作向它服從，
呵！那些渴求著光和熱的，
我給你們年輕的時間，
過時不再，過時不再。

雨[39]

憂愁夫人的灰色的面紗，
快樂王子的痛苦的眼淚，
把我屋子裡的太陽輕輕網住，
把我窗外的夜叮叮噹噹地敲響，
哎，我再也不能入睡，再也不能入睡。

雨中吟[40]

雨呀，密密地落著像森林，
我呀，匆匆地走著像獵人。

雨，不疲倦地落著，
我，不休息的走著。

踏著雨的音樂的節拍，
我追逐著那在召喚著我的名字的
歷史的嚴肅的聲音。

詩 41

詩，是不凋的花朵，
但，必須植根於生活的土壤裡；
詩，是一隻能言鳥，
要能唱出永遠活在人們心裡的聲音。

可是，真慚愧呀！
那些被我移到紙上的
只是字的黑色的屍體，
詩的蒼白的標本。

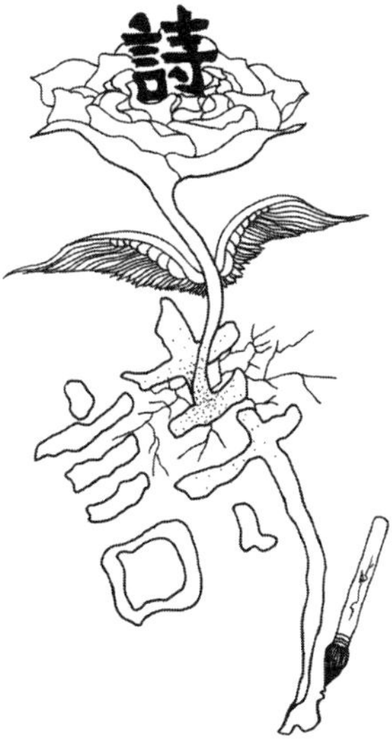

詩人[42]

最重要的，不僅是
去學習怎樣「發音」與「和聲」，
今天，詩人的第一課
是要做一個愛者和戰士，
然後，才能是詩的童貞的母親。
摔掉那低聲獨語的豎琴吧！
向著呼喚你的暴風雨，
把腳步跨出窄門。

詩簡 43

很久了，我沒有寫詩，
這不是因為被寂寞塵封了弦琴，
也不是被憂鬱麻痺了知覺，
而是像熱戀著一個美麗多情的少女，
我正幸福地熱戀著
這風景畫一樣美麗的，
美麗的童話一樣美麗的島。

可是啊，我更有無盡的憎恨和懷念，

此刻，我知道亞熱帶的暖流
正和來襲的西伯利亞的寒流搏戰
坐在落雨的窗前，我彷佛聽見了
海那邊正湧捲著的死亡的風暴，
沸騰著的無助的哭泣和呼喚，
我彷佛看見了
那無數的流血的絞架，
鎮壓著不安的城市和田園……

來呀，握手，集合，
唱歌，用我們所有的聲音，
讚美這成熟著自由和幸福的果園，
工作，舉起我們手臂的森林，

招引那像白羽的鴿子般地
正向我們飛旋而來的明天……
在我們的母親的土地受難的時候，
在我們的鋼鐵的隊伍就要出發之前。

黃昏[44]

——詩的噴泉之一

壁上的米勒的晚鐘被我的沉默敲響了，
騎驢到耶路撒冷去的聖者還沒有回來。

不要理會那盞燈的狡猾的眼色，
請告訴我：是誰燃起第一根火柴？

路 45

——詩的噴泉之二

車的輪，馬的蹄，閃爍的號角，狩獵的旗，
不疲憊的意志是向前的。

為什麼要抱怨那無罪的鞋子呢？
你呀！熄了的火把，涸池裡的魚。

期待[46]

——詩的噴泉之三

每一顆閃亮的雨點是一個跳動的字，
那狂燃起來的閃電是一行行動人的標題。
從夜的檻裡醒來，把夢的黑貓叱開，
聽滾響的雷為我報告晴朗的消息。

雲

47

——詩的噴泉之四

不要再在我的藍天的屋頂上散步！
我的鴿子曾通知過你：我不是畫廊派的信徒。
看我怎樣用削鉛筆的小刀虐待這位鏟形皇后，
你就會懂得：這季節應該讓果子快快成熟。

48

夏季

——詩的噴泉之五

白熱。白熱。先驅者的召喚的聲音。
下降。下降。捧血者的愛情的重量。

當鳳凰正飛進那熊熊的烈火，
為什麼，我還要睡在十字架的綠蔭裡乘涼？

鳥 49

——詩的噴泉之六

飛進印度老詩人的詩集，跳上波斯女王的手掌。
我呢？沉默一如啞者，愚蠢而無翅膀。
阿里斯多芬※曾把他的憧憬攜入劇場，
法郎士※的企鵝的國度卻沒有我泊岸的港。

阿里斯多芬是古希臘喜劇作家，作品有《阿哈奈人》、《騎士》 、《和平》、《鳥》、《蛙》等，有「喜劇之父」之稱。

法郎士是法國小說家阿納托爾·法郎士（Anatole France，1844-1924），重要的作品有《波納爾之罪》、《企鵝島》、《諸神渴了》，1921 年獲得諾貝爾文學獎。

50 日記

——詩的噴泉之七

昨天，曇。關起靈魂的窄門，
夜宴席勒的強盜，尼采的超人。※
今天，晴。擦亮照相機的眼睛，
拍攝梵．谷訶的向日葵，羅丹的春。※

席勒（Egon Schiele, 1890-1910），奧地利畫家；尼采（Friedrich Wilhelm Nietzsche, 1844-1900），德國語言學家、哲學家、詩人。

梵·谷訶即今譯的梵谷（Vincent Willem van Gogh, 1853-1890）；羅丹（Auguste Rodin, 1840-1917），法國畫家、雕塑家。

獵[51]

——詩的噴泉之八

山林裡有帶槍的獵者，
貓頭鷹且不要狂聲獰笑。

沙漠裡有汲水的少女，
駝鈴啊，請不要訴說你的寂寞和憂鬱。

告白[52]

——詩的噴泉之九

梵諦岡的地窖裡囚不死我的信仰，
贗幣製造者才永遠怕曬太陽。

審判日浪子將匍匐著回家，
如果麥子不死，我們到哪裡去收穫地糧？

淚[53]

——詩的噴泉之十

催眠曲在搖籃邊把過多的朦朧注入脈管，
直到今天醒來，才知道我是被大海給遺棄了的貝殼。

親過泥土的手捧不出綴以珠飾的雅歌，
這詩的噴泉呀，是源自痛苦的尼羅。

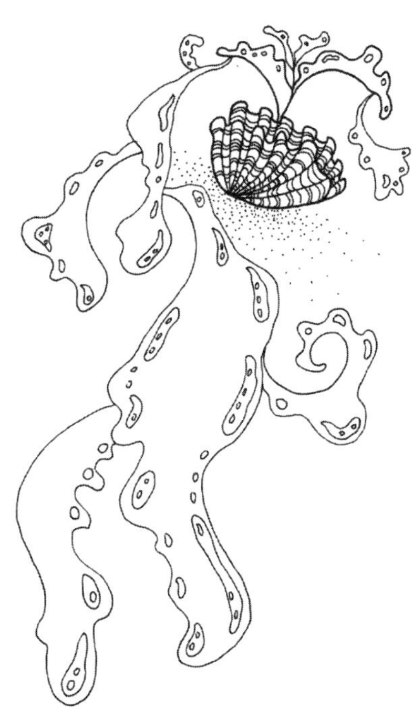

54 我是忙碌的

我是忙碌的。
我是忙碌的。
我忙於搖醒火把，
我忙於雕塑自己；
我忙於擂動行動的鼓鈸，
我忙於吹響迎春的蘆笛；
我忙於拍發幸福的預報，
我忙於採訪真理的消息；
我忙於把生命的樹移植於戰鬥的叢林，

我忙於把發酵的血釀成愛的汁液。
直到有一天我死去，
像尾魚睡眠於微笑的池沼，
我才會熄燈休息，
我，才有個美好的完成，
如一冊詩集；
而那覆蓋著我的大地，
就是那詩集的封皮。
我是忙碌的。
我是忙碌的。

55 零下四十度

風啊，你別再嗚啦嗚啦地吹罷
雪呀，你別再又濃又密地飄罷
冰封了山，冰封了河
冰封了灰色的天空
冬天，零下四十度的嚴寒啊
早就凍僵了
　我們那一座可憐的垂死的村莊
那村莊

瘖啞了往日那些響亮的聲音
那村莊
消失了往日那些多彩的顏色
那村莊
在受著虐待
那村莊
在被謀害呀

村口上那個鐵匠舖
關死了兩扇門
喊破了嗓子也叫不出來一個人
門前再也看不到那一片閃閃溫紅的火光
　再也聽不到那風箱和鐵錘一起一落的響

那日夜不停的唱歌的老磨坊啊
到處都是凍硬了的鳥糞和蜘蛛網
在那家家戶戶的屋簷下
不見了那掛得一串串的大包米和紅辣椒
只有結滿了冰花的小玻璃窗
張著憂鬱地眼睛
憂鬱地望著那就要塌倒的黃土牆
老母雞睡在草窩裡不再叫一叫
小毛驢瘦得剩一把骨頭
再也啃不動那個破木槽
老黃狗餓得苦
夾著尾巴病倒在大門旁
老北風見著洞就鑽

連老鼠都冷得搬了家
那村莊，那可憐的村莊啊
變成了滴著血的「鬥爭」的絞架
變成了流著血的「清算」的刑場
那村莊，那垂死的村莊啊
好荒涼……

那原是一腳會踩出油來的
忠實的黑色的土地呀
如今雖然滿身是凍裂的傷口
還穿起慘白地冰雪底孝服
好預備著，預備著
給快嚥下了最後一口氣的村莊出喪

而那喝飽了血的醜惡的五星旗呀
卻穿著滿身大紅
無恥地獰笑在垂死的村莊上……

那村莊，那可憐的村莊
呵，呵
那垂死的村莊啊

老祖父白髮蒼蒼
扶著拐杖
還搖搖晃晃地下不了炕
他無力地張開昏花的老眼
望著那斷了腰的犁耙

望著那被挖空了的米倉
眼淚跟著鼻涕
像一條小河般不停地往下淌……
唉，死了連骨屍都沒有人來收啊
就是做了鬼又怎麼會太平
還不是要無家無舍地在漫山野裡蕩……

爸爸因為繳不上那繳不完的「支前糧」
被打得一塊子紅一塊子青
滿身是血
抬了回家
不到三天就死了
伸著舌頭，咧著嘴

臨嚥下最後的一口氣
他還是不肯把瞪得溜圓的眼睛閉上……

哥哥和別的年青人一樣
被逼著離開了破落的家
被開往砲火連天的戰場
被送過那遙遠的鴨綠江……
姐姐不再嗡嗡地搖紗車
　也不再忙著縫那些預備出嫁的新衣裳
姐姐讓活牲口們給糟蹋了
悲慘慘地編進「慰勞隊」……
那不滿五歲的小弟弟
瞪著餓貓一樣的大眼睛

鬼哭狼嚎地喊著媽媽
哭累了就蓋上那床破棉被
餓著乾癟肚子
蒙起頭來像死了一樣的睡……

媽媽呢
我那親愛的媽媽呢
　我那親愛的媽媽她瘋了啊
她不再害臊，也不怕冷
披頭散髮的又哭又笑
不穿褲子在大雪地裡跑
她喊著爸爸的名字
她喊著哥哥和姐姐的名字

沒有人回答她呀
她那顫抖的聲音
被凍成一片片地跌落在雪地上
只有那跟她一樣發了瘋的大風雪
無情地咬著她凍腫的身子
無情地撕裂著她那在流血的心……

那村莊，那可憐的村莊
呵，呵
那垂死的村莊啊

風啊，你別再嗚啦嗚啦地吹罷
雪呀，你別再又濃又密地飄罷

冬天，零下四十度的嚴寒啊
你快滾蛋吧
你快撤退吧
你，快投降！

看哪
　衝破冰封的雲層而出來的
　是那火輪子般的太陽
聽啊
　從天邊滾滾而來的
　是那驚蟄的春雷憤怒地吼響
春天，勝利的春天哪
就要擊碎你嚴寒的封鎖

就要搗毀你冰雪的巢穴
揚起綠色的大旗
帶著花朵和溫暖進軍
讓南風，那浩蕩地天兵
向你展開掃蕩……

我
我呀
我將要歡喜得跳起來
我將要歡喜得痛哭起來
我將要歡喜得像發瘋啊
我將要大聲的喊
　大聲的唱
我將要帶著我的歌唱春天的詩章

跟著春天
回到那擁抱我的家
回到那擁抱春天的我們的村莊

冰封了的山要解凍
讓它從一個惡夢裡醒過來
乾乾淨淨地洗個臉
再梳一梳
那亂糟糟地綠色的森林的頭髮……
冰封了的河要解凍
讓它布魯布魯地快樂的歌唱著
在天底下，自由地流向哪一方
冰封了的灰色的天空也要解凍啊

讓雲彩給它仔細地擦一擦
擦得又亮又藍地
露出那耀眼通紅的太陽

讓太陽伸出溫暖的手掌
親愛地摩撫著我們的村莊
讓那受盡了折磨的村莊
熱鬧地懸燈結彩
讓那受盡了折磨的村莊
脫落了冰雪的瘡疤
露出健康愉快地臉色
縱聲地笑個痛快
讓那一腳會踩出油來的黑色的土地呀

讀者回函

只要寄回本回函，就能不定時收到晨星出版集團最新電子報及相關優惠活動訊息，並有機會參加抽獎，獲得贈書。因此有電子信箱的讀者，千萬別吝於寫上你的信箱地址

書名：楊喚詩選

姓名：______________ 性別：□男 □女　生日：____年____月____日

教育程度：________________________

職業：□學生 □教師 □一般職員 □企業主管

□家庭主婦 □自由業 □醫護 □軍警 □其他______________________

電子郵件信箱（e-mail）：______________________ 電話：________________

聯絡地址：□□□ ____

你怎麼發現這本書的？

□書店 □網路書店（哪一個？）__________________ □朋友推薦 □學校選書

□報章雜誌報導 □其他____

買這本書的原因是：____

□內容題材深得我心 □價格便宜 □封面與內頁設計很優 □其他____________

你對這本書還有其他意見嗎？請通通告訴我們：

____

你買過幾本好讀的書？（不包括現在這一本）

□沒買過 □ 1 ～ 5 本 □ 6 ～ 10 本 □ 11 ～ 20 本 □太多了

你希望能如何得到更多好讀的出版訊息？

□常寄電子報 □網站常常更新 □常在報章雜誌上看到好讀新書消息

□我有更棒的想法____

最後請推薦五個閱讀同好的姓名與 E-mail，讓他們也能收到好讀的近期書訊：

1. ____

2. ____

3. ____

4. ____

5. ____

我們確實接收到你對好讀的心意了，再次感謝你抽空填寫這份回函

請有空時上網或來信與我們交換意見，好讀出版有限公司編輯部同仁感謝你！

好讀的部落格：http://howdo.morningstar.com.tw/

好讀的臉書粉絲團：http://www.facebook.com/howdobooks

國家圖書館出版品預行編目資料

楊喚詩選 / 楊喚著 廖彥博主編 . -- 初版 . -- 臺中市 : 好讀 , 2016.08

面；　公分 . --（典藏經典 ; 92）

ISBN 978-986-178-394-9（平裝）

851.486　　105011607

好讀出版

典藏經典 92

楊喚詩選

作　　者／楊喚
主　　編／廖彥博
內頁繪圖／三娃
總 編 輯／鄧茵茵
文字編輯／莊銘桓
內頁排版／王廷芬

發 行 所／好讀出版有限公司
台中市 407 西屯區何厝里 19 鄰大有街 13 號
TEL:04-23157795　FAX:04-23144188
http://howdo.morningstar.com.tw
（如對本書編輯或內容有意見，請來電或上網告訴我們）
法律顧問／陳思成律師

戶名：知己圖書股份有限公司
劃撥專線：15060393
服務專線：04-23595819 轉 230
傳真專線：04-23597123
E-mail：service@morningstar.com.tw
如需詳細出版書目、訂書，歡迎洽詢
晨星網路書店 http://www.morningstar.com.tw

印刷／承毅印刷事業有限公司
初版／西元 2016 年 8 月 1 日
定價：220 元
如有破損或裝訂錯誤，請寄回臺中市 407 工業區 30 路 1 號更換（好讀倉儲部收）

Published by How Do Publishing Co., Ltd.
2016 Printed in Taiwan

ISBN 978-986-178-394-9

56 風景（未完稿）

我在八月的明亮的早晨醒來，
我在夢見回家的夢裡醒來，
我在
我在美麗的風景裡醒來，
窗外是太陽用金針編織起來的天空，
遠處是綠色的山野和森林和

讓那強壯的小毛驢大笑著撒歡
活潑得像年青的小伙子一樣……
讓我安靜地睡在燒得滾熱的炕上罷
在夢裡也聽得見
那風箱和鐵錘輕輕地響
在夢裡也聽得見
那從磨坊裡溜出來的快樂的歌唱……

風啊，你別再嗚啦嗚啦地吹罷
雪呀，你別再又濃又密地飄罷
冬天，零下四十度的嚴寒啊！
你快滾蛋
你快撤退
你，快投降！

穿上繡花紅棉襖
跟著嗚啦啦吹響的喇叭
坐著一頂小紅轎
去出嫁……
讓我親愛的小弟弟
又蹦又跳地
吹著柳條做成的口哨
去上學……
讓我們忠實的家畜
　那老母雞帶著絨球似的小雞雛
　在牆角散步
讓那吃飽了的老黃狗
躺在老祖父的身邊曬太陽

換上一套灑滿了花香的綠色的新裝……

讓老祖父硬幫幫地再活下去
舒舒服服地靜享他晚年的清閒
讓死去的爸爸底墳上開遍花朵
讓爸爸的愛在花朵裡復活
讓媽媽的病好了
再高高興興地忙來忙去
給我燒一頓噴香噴香的高粱米飯
讓哥哥活著回來
娶一房能幹的好媳婦
幫著他重整破碎的家園
讓姐姐的臉美得像春花